3 1288 01144 4951

OAKVILLE PUBLIC LIBRARY
JAN 2 1 2003
DISCARD/WITHDRAWN
WOODSIDE

Une chasse tropicale

Texte: Kathleen Weidner Zoehfeld
Illustrations: Paulette Bogan
Texte français: Le Groupe Syntagme inc.

Pour Ernestina
K.W.Z.

Pour Michael et Alyssa
P.B.

Un merci tout spécial à Jenny Lando,
enseignante en sciences.

A GOLDEN BOOK · New York
Golden Books Publishing Company, Inc.
New York, New York 10106

Texte © 2000 Stephanie Spinner. Illustrations © 2000 Valerie Sokolova.
Tous droits réservés.
Aucune partie de ce livre ne peut être copiée ou reproduite sans la
permission écrite de l'éditeur. A GOLDEN BOOK®, GOLDEN BOOKS®,
G DESIGN® et SHIELD DESIGN™ sont des marques de commerce de
Golden Books Publishing Company, Inc.

© 2002 LES PRESSES D'OR (CANADA) INC. pour l'édition française.
10, rue Notre-Dame, bureau 300, Repentigny (Québec) Canada J6A 2N9
www.lespressesdor.com
Dépôt légal 1er trimestre 2002.
Imprimé en Chine.
Isbn : 1-552255-04-2.

Table des matières

1 / El Tigre

Les yeux jaunes du jaguar luisent à travers le feuillage de la jungle profonde. L'animal grogne férocement en retroussant les babines. Ses dents acérées étincellent dans la lumière pâle. Le félin de 135 kg s'accroupit sur une branche. Il va bondir!

J'adore observer le jaguar du Musée Leloup. Oncle Paul l'appelle *El Tigre*. Ça veut dire jaguar en espagnol.

Dommage qu'*El Tigre* soit empaillé et emprisonné derrière une vitre.

Je dis à Oncle Paul :

– J'aimerais voir un vrai jaguar un jour. De très, très près.

Oncle Paul ne répond pas. Il transporte des palmiers et d'autres plantes tropicales dans la nouvelle serre.

Mon oncle dirige le musée. C'est lui qui a eu l'idée d'ajouter une serre dans la section de la forêt tropicale amazonienne. Ainsi, dit-il, les visiteurs auront l'impression de se promener dans la jungle.

C'est génial comme idée. Mais, à mon avis, ce ne sera pas aussi excitant que si on avait un vrai jaguar.

Après tout, il n'y aura que des fleurs, des insectes et ce genre de trucs dans la serre.

Je demande à Oncle Paul :

– Pourquoi on n'aurait pas un vrai jaguar ?

Il me regarde à travers une fougère en pot.

– Jaco, c'est un musée d'histoire naturelle ici, s'exclame-t-il, pas un zoo !

– Mais il y aura bien des papillons vivants !

Il me jette un regard noir.

– C'est vrai. Un papillon ne risque pas de bouffer un visiteur.

Oncle Paul sourit.

– C'est l'avantage qu'offrent les papillons.

Je fixe le vieux présentoir à papillons. Il se trouve dans le musée depuis environ un siècle. La vitrine couvre le mur du plancher au plafond. Derrière, des centaines de papillons sont épinglés en rangées.

—Ils sont pas mal, dis-je. Pas mal endormants, oui !

J'éclate de rire. Mais pas Oncle Paul.

—Eh bien, tu ferais mieux de ne pas

venir avec moi au Brésil la semaine prochaine, marmonne-t-il.

– Quoi ? Tu veux rire ?

Je suis déjà allé dans le désert du Sahara avec lui, à la recherche de fossiles de dinosaures. Il prépare maintenant un voyage dans la forêt pluviale amazonienne.

– Jaco, ce voyage n'a qu'un but : capturer des papillons, m'avertit Oncle Paul.

– Si toi, tu veux chasser des papillons, pas de problème. Moi, je suivrai la piste d'un jaguar !

Oncle Paul sourit en hochant la tête. Il ne croit peut-être pas que je vais trouver un jaguar. Mais je vais tout faire pour y parvenir !

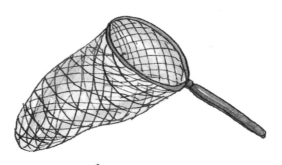

2 / À la ferme

Trois jours plus tard, nous atterrissons à Manaus. Dès ma sortie de l'avion, une chaleur étouffante, lourde comme du plomb, me fond dessus.

– Est-ce qu'il fait toujours aussi chaud ?

– C'est souvent bien pire, répond Oncle Paul.

Manaus se trouve dans la forêt tropicale amazonienne du Brésil. Je trouve ça bizarre de voir une ville en plein milieu de la jungle, mais selon Oncle Paul, il s'agit d'un port important. À partir d'ici, des trucs comme du caoutchouc et du bois sont expédiés sur le fleuve Amazone vers les grosses villes de la côte.

Oncle Paul a loué une jeep, et nous roulons maintenant vers le nord. Dans bien des endroits, on a rasé la forêt pour construire des maisons et des fermes. Mais ailleurs, la route se fraye à peine un chemin à travers les arbres. Je scrute la jungle sombre et touffue. J'ai tellement hâte d'y entrer!

—Nous sommes arrivés! s'écrie Oncle Paul.

La jeep se met à cahoter dans une allée boueuse. Une petite maison et quelques bas immeubles se dressent dans une clairière.

– Euh, Oncle Paul? Ce n'est pas la jungle, ici.

Je pointe les bâtiments du doigt.

– C'est une ferme.

– Tu as raison, déclare Oncle Paul. C'est une ferme d'élevage de papillons.

– Une FERME? Moi qui croyais chasser des papillons dans la jungle!

– Patience, Jaco. Les scientifiques de la ferme capturent toutes sortes de papillons dans la jungle. Les quelques spécimens qu'ils attrapent se multiplient par centaines. Nous commanderons toutes les chrysalides qu'il nous faut ici.

– Tu veux dire qu'on va passer nos

journées à regarder des petits œufs
d'insecte ?

J'étais déjà trempé de sueur et
découragé. Je n'allais tout de même pas
m'ennuyer, en plus !

— Non, pas des œufs, des chrysalides,
précise Oncle Paul. Tout d'abord, la
chenille éclot d'un œuf. Quelques
semaines plus tard, elle s'agrippe à une
brindille et s'enveloppe dans une solide

coquille qu'elle fabrique elle-même.
C'est ça, une chrysalide.

– Je sais, je sais. Et quelques
semaines plus tard, le papillon adulte
jaillit de la chrysalide. Je plaisantais à
propos des œufs. Cette année, à l'école,
j'ai tout appris sur la métamorphose.

– Un phénomène fascinant ! souligne
Oncle Paul.

Il se met à consulter une liste avec
l'un des fermiers.

Je marmonne entre mes dents :
« Avec tout ça, je ne trouverai jamais de
jaguar. »

Oncle Paul lève les yeux de sa liste et
me scrute du regard.

– Des papillons, Jaco. Nous sommes
venus ici pour les papillons.

3 / Enfin, la jungle!

Le lendemain matin, quelques scientifiques de la ferme se préparent pour un voyage de recherche. Ils s'en vont dans la jungle!

– Est-ce qu'on peut y aller, nous aussi?

– Je ne sais pas, répond Oncle Paul. Tu sais, la jungle est un endroit sauvage. Penses-tu être prêt à l'affronter?

Non mais! Il plaisante?

– Fais-moi confiance! lui dis-je.

Oncle Paul éclate de rire. Pas question, bien sûr, de manquer un voyage comme celui-là!

J'aide les scientifiques à emballer de la nourriture, les articles de camping et les pièges à papillons spéciaux. Ils me disent que nous irons observer les endroits où vivent les papillons. Nous capturerons aussi de nouveaux papillons pour la ferme.

– Si on a de la chance, dit Oncle Paul, on pourra même voir un «papillon fantôme».

Un papillon *fantôme*? Après tout, ça pourrait être passionnant, la chasse aux papillons!

JOURNAL DE VOYAGE — JOUR 1

○ Nous roulons pendant presque toute la journée. Puis nous installons le campement à l'orée de la forêt. Soudain, il se met à pleuvoir des cordes! On se précipite dans nos tentes. Oncle Paul glisse son

○ appareil photo dans un sac de plastique pour le garder au sec. Comme si quelque chose pouvait rester au sec ici! Aucun doute possible : nous ne sommes pas dans le désert du Sahara! Lorsque

○ la pluie cesse enfin, il fait plus chaud et humide que jamais. Et le sol est boueux.

C'est maintenant le soir.
La forêt résonne de toutes
sortes de bruits : Tic-tic-tic! Bzzzzz!
Hou-hou! Boum! Boudoum! Selon
Oncle Paul, ce sont des insectes
et des rainettes, une sorte de
grenouille. Mais comment de petites
grenouilles et de minuscules
insectes peuvent-ils faire de si
GROS bruits? Ils doivent être
monstrueux! JAMAIS je n'entrerai
dans cette jungle!

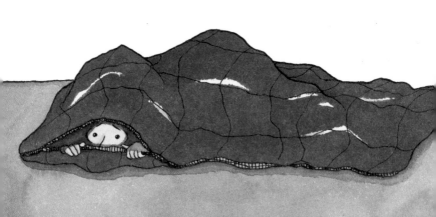

– Tout le monde debout ! s'écrie Oncle Paul tôt le lendemain matin.

Je me souviens des bruits monstrueux de la nuit dernière, et je me blottis tout au fond de mon sac de couchage. Je m'écrie :

– Allez-y sans moi !

Là-haut, sur la cime des arbres, les aras rouges poussent des gloussements, et les perroquets, de petits cris stridents.

Oncle Paul ouvre la fermeture éclair de la tente et me tire à l'extérieur. J'aide nerveusement tout le monde à plier bagages. Ça y est ! On y va ! Dans la jungle ! C'est ce que j'ai toujours voulu. Mais maintenant, je n'en suis plus si sûr.

J'observe un lézard qui se glisse doucement sur une branche pour se faire chauffer au soleil. Il a l'air plutôt amical. Soudain, j'entends un hurlement à faire dresser les cheveux sur la tête !

Un *jaguar* ! Je plonge dans l'une des jeeps garées tout près.

– Écoutez-moi ces singes hurleurs ! dit Oncle Paul aux autres scientifiques.

Je sors en douce de la jeep, espérant qu'il n'a rien remarqué. Il me jette un regard.

– Qu'est-ce qu'il y a ?

Je réponds en prenant mon sac à dos.

– Rien. Ils sont chouettes, ces singes.

Nous revenons sur nos pas dans le sentier. Une petite rivière aux reflets verdâtres coule à notre gauche. La forêt sombre se dresse à notre droite.

Oncle Paul me remet un filet à papillons.

Je repousse ce truc de mauviette.

– Non merci. Ça ne me servira pas à capturer un jaguar.

J'essaie d'avoir l'air brave.

– Écoute moi, Jaco, dit Oncle Paul.
Je ne sais pas si on va voir un jaguar,
mais je veux que tu sois très prudent
aujourd'hui. N'oublie pas : regarde
toujours où tu mets les mains et les
pieds. La jungle est remplie de…
Oh, mon Dieu !

Il s'arrête si rapidement que je lui
fonce pratiquement dedans.

– Quoi ?

Je n'ose pas regarder.

Il pointe du doigt un gros tas de
boue au bord de la rivière. Il est couvert
de centaines de papillons jaune et vert.

– Des Pieridae qui se nourrissent
dans la boue ! s'exclame Oncle Paul.

Je réplique :

– Miam, ça a l'air bon !

Nous nous arrêtons pour les observer pendant un long moment. Les scientifiques prennent des tas de notes et recueillent quelques papillons. Plus tard, ils trouvent des chrysalides de Pieridae agrippées à des feuilles.

Je demande à Oncle Paul :

– Comment peux-tu savoir que ce sont des chrysalides ? On dirait des crottes d'oiseau !

– C'est grâce à leur apparence qu'ils ne se font pas bouffer par les oiseaux et d'autres ennemis, explique-t-il.

– Wow, quelle bonne idée !

Les papillons ne sont pas si stupides, après tout.

JOURNAL DE VOYAGE — JOUR 2, MATIN

Pendant que tout le monde est occupé à observer les papillons, je cherche des sources de danger. Tout d'abord, je repère ce qui ressemble à un alligator flottant dans la rivière. Oncle Paul m'explique que c'est un caïman.

Puis il y a les serpents. Un anaconda géant peut avaler un caïman d'une seule bouchée. Selon Oncle Paul, les anacondas ne mangent pas les humains. (Ouais !) Il m'avertit ENCORE de toujours regarder où je mets les pieds.

Certains types de serpents venimeux aiment se cacher dans les feuilles qui jonchent le sol ou sous des troncs d'arbre tombés.

Et en plus, c'était plein de bibittes...

Je faisais attention aux serpents lorsqu'une tarentule poilue m'a frôlé les pieds!

Jamais je n'avais vu une araignée aussi grosse. C'était un MONSTRE!

Toujours pas de jaguars.

ARAIGNÉE GÉANTE →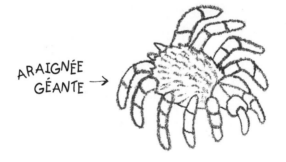

4 / Les papillons fantômes

Après une collation en fin de matinée, nous retournons dans la forêt.

– Regarde ! s'écrie Oncle Paul. Il pointe son doigt dans toutes les directions. Il y a des papillons partout !

Des papillons Morpho d'un bleu chatoyant dansent dans la lumière du soleil. On dirait des morceaux de ciel qui tournoient dans les airs.

Les caligos sont plus difficiles à repérer. Ils se tiennent parfaitement immobiles sur les vignes. Les gros yeux de hibou dessinés sur leurs ailes semblent nous fixer.

Des papillons rayés voltigent et virevoltent devant nous.

Chaque fois que nous apercevons un nouveau type de papillon, les scientifiques s'arrêtent pour prendre des notes.

Mais la jungle regorge de toutes sortes d'insectes. L'air est lourd et humide. Je passe mon temps à me gratter à cause des moustiques. Je les écarte avec une feuille pendant que nous nous enfonçons dans la jungle.

Soudain, j'aperçois un papillon aux ailes aussi claires que du verre. Il voltige doucement parmi les feuilles sombres avant de disparaître. Comme un fantôme!

– Hé, Oncle Paul, je crois que je viens de voir un papillon fantôme!

Oncle Paul s'approche de moi.

– Si c'est vrai, nous allons essayer de le prendre au piège.

Nous débouchons sur une petite clairière près d'un ruisseau et décidons d'y monter les tentes. Ensuite, nous transportons les pièges à un endroit spécial dans la forêt. Les scientifiques me montrent comment installer les filets. Des bananes pourries servent d'appât.

– Pouah, ça pue! Les papillons aiment vraiment ça?

Mais Oncle Paul est en train de ramasser des appâts bien pires encore : des crottes d'oiseaux. De VRAIES crottes d'oiseaux.

– Les papillons fantômes adorent ça, s'exclame-t-il joyeusement.

– Ils sont fous, ces papillons!

Une fois les pièges installés, les grandes personnes préparent notre souper dans la tente moustiquaire. Nous montons le campement pour la nuit.

JOURNAL DE VOYAGE — JOUR 2, SOIR

De la bouillie de bananes frites pour souper. Miam! Si je continue à manger ce truc-là, je vais finir par me transformer en appât pour papillons!

Après le souper, nous devons déplacer les tentes. Des fourmis légionnaires ont envahi notre campement. Il y en a des millions! J'essaie de les écraser, mais elles me

piquent les jambes. C'est à devenir
fou! Selon Oncle Paul, la seule
chose qui nous reste à faire, c'est de
dégager!

J'espère juste qu'il ne reste plus de
fourmis dans mon sac de couchage!

Bon, ça recommence : Hou-hou! Clic!
Tic-tic-tic! Boum! Boudoum!
Mais je commence à m'y habituer.

5 / Perdu dans la jungle

Le lendemain matin, Oncle Paul a bien hâte de voir ce que nous avons capturé dans nos pièges.

Il enfile une botte.

– Aïe! s'écrie-t-il. Il la retire d'un coup sec et la laisse tomber.

Cordonnier mal chaussé, comme on dit. Oncle Paul n'a pas regardé où il a mis les pieds.

Un scorpion sort de sa botte en
rampant. Il a l'air encore plus contrarié
qu'Oncle Paul. Je m'écrie :

– Wow! Je ne savais pas que ces
bibittes-là vivaient dans la jungle.

– On dirait bien, grogne Oncle Paul
en tenant son pied endolori dans ses
mains.

Une scientifique arrive avec une trousse de premiers soins. Je lui demande :

– Est-ce qu'il va guérir ?

Elle me répond que la plupart des piqûres de scorpion ne sont pas plus dangereuses que celle d'une abeille. Mais Oncle Paul devra rester dans sa tente toute la matinée. C'est plus prudent.

– Ça va aller, grommelle-t-il.

Il trouve un appui qui maintient sa jambe en l'air et commence à écrire dans son journal. Il a l'air contrarié, si vous voulez mon avis.

Je me porte volontaire :

– Je vais vérifier les pièges à ta place.

– Mmmm, rouspète Oncle Paul. Il ne

lève même pas les yeux de son journal. Je saisis le filet qu'il a essayé de me donner la veille. Je pourrais peut-être capturer de super papillons pour lui remonter le moral.

Dans la forêt, je m'assois sur une souche près des pièges. Ils sont déjà remplis de papillons; il y a même un papillon fantôme!

Pendant que je gribouille des notes, un papillon noir orné de taches rouge et jaune voltige devant moi. Je me dis: Je parie qu'Oncle Paul aimerait bien avoir celui-là!

Mais je l'entends encore me lancer cet avertissement: «Ne t'aventure jamais seul dans la jungle.» Je n'ose donc pas trop m'éloigner.

Le papillon se pose sur une feuille.
J'essaie de l'attraper avec mon filet,
mais il s'envole aussitôt. Je me lance à
sa poursuite en m'enfonçant dans les
buissons. Il papillonne entre les
branches et finit par se poser sur une
fleur. J'abats mon filet.

– Je te tiens !

Mais le papillon a disparu.

Déçu, je décide de retourner au camp en grommelant :

— Pas si facile que ça, la chasse aux papillons.

Je m'aperçois soudain que la jungle s'est refermée sur moi. Où est le campement ? Partout, il n'y a que des feuilles, rien que des feuilles ! J'avance en trébuchant. J'oublie de regarder où je mets les pieds. Quelque chose glisse tout près de mes orteils. Je commence à transpirer.

— Au secours !

Je suis perdu. Perdu dans la jungle amazonienne !

Puis j'entends des pas furtifs dans les buissons. Un JAGUAR ! Je m'aplatis contre un arbre en retenant mon souffle.

Les buissons s'écartent. C'est Oncle Paul! Il s'avance en clopinant dans la clairière.

– Jaco, combien de fois t'ai-je dit de ne pas...

Les mots se perdent dans sa bouche ; il fixe quelque chose au-dessus de ma tête.

– Ciel! murmure-t-il. Un *Heliconius nattereri*.

– Un quoi?

Hélène a atterri? C'est un serpent? Qui me pend au-dessus de la tête? Je n'ose pas bouger d'un poil.

Les autres scientifiques surgissent des buissons. Ils m'observent, ébahis.

– C'est extraordinaire!

–Il doit aimer l'odeur du shampoing de Jaco.

–Je n'en ai pas vu depuis des années.

Les scientifiques murmurent entre eux. Je m'écrie :

–Quoi ? Quoi ?

Mais de quoi parlent-ils ?

– Félicitations, Jaco ! Tu viens de trouver un papillon à grandes ailes très rare, dit Oncle Paul.

– Ah oui ?

Je respire de nouveau.

– Ce n'est pas un serpent ?

Oncle Paul s'installe pour prendre une photo du papillon qui s'est posé sur mes cheveux. J'essaie de rester aussi immobile que possible. Soudain, le papillon s'envole dans un éclair jaune et rouge.

– C'est celui que je pourchassais ! Il est splendide, mais pourquoi est-il si spécial ?

– Cette région commence à se remettre d'une surexploitation de ses terres et de ses forêts, explique Oncle Paul. Le retour de ce papillon signifie que son habitat prend du mieux.

En pointant le pied d'Oncle Paul,
je lui dis :

—On dirait que toi aussi, tu prends du
mieux.

Il sourit.

—Ça va. Et puis, ça devenait ennuyeux,
à la longue, tout seul dans la tente.

Je lui tape dans le dos.

—Patience, Oncle Paul.

6 / Les papillons
au musée

Une semaine plus tard, nous sommes de retour au Musée Leloup. Oncle Paul a fait agrandir et encadrer une photo de la petite « Hélène » et de moi.
Elle décore un mur de la salle consacrée à la forêt pluviale amazonienne.

Les chrysalides que les fermiers nous ont expédiées ont commencé à éclore.

Déjà, la nouvelle serre est remplie de papillons… et de visiteurs !

– Hé, c'est lui, le garçon de la photo !

J'aperçois un petit garçon qui me pointe du doigt.

– Tu ne trouves pas ça fameux, d'être célèbre ? me demande Oncle Paul.

J'éclate de rire ; je ne pense pas être vraiment célèbre.

– Euh, Oncle Paul, tu n'as peut-être
pas remarqué, mais j'étais un peu
effrayé, là-bas, tu sais.

– Moi, je t'ai trouvé bien courageux,
Jaco, réplique-t-il. Et puis, vaut mieux
avoir un peu peur des puissants
animaux comme les jaguars.

– Et des scorpions ?

– Oui, d'eux aussi.

– J'aurais quand même bien aimé voir un jaguar dans la jungle – mais pas de trop près.

– Je sais, dit Oncle Paul. Mais les jaguars sont de plus en plus rares. Ils doivent vivre dans des forêts tropicales, qui sont de plus en plus menacées. La plupart des jaguars encore vivants ont dû se retirer dans des régions éloignées.

– Comme les petits papillons Hélène qui ont dû fuir leur habitat?

– C'est à peu près ça, répond Oncle Paul.

Nous remarquons un groupe d'enfants qui observent un «papillon *fantôme*». Il s'est posé sur l'épaule d'une petite fille.

Je leur explique que ce papillon adore manger des crottes d'oiseau. Les enfants ont l'air impressionnés. Je demande à Oncle Paul :

—Crois-tu que nous pourrons avoir des papillons Hélène ici un jour ? Vivants, je veux dire. Pas juste sur photo.

—Mmm… ce serait vraiment extraordinaire, non ?

Je sais à quoi il pense.

—Je suppose qu'on devra y retourner bientôt pour voir comment ils se débrouillent. Les papillons Hélène et les jaguars.

—Tu lis dans mes pensées, dit Oncle Paul.

–Je le savais!

Nous marchons dans les corridors du Musée Leloup, parmi les momies, les épées et les bijoux anciens.

–Mais en attendant, dit Oncle Paul, il y d'autres expositions qui ont besoin de nouveaux trésors, tu ne crois pas?